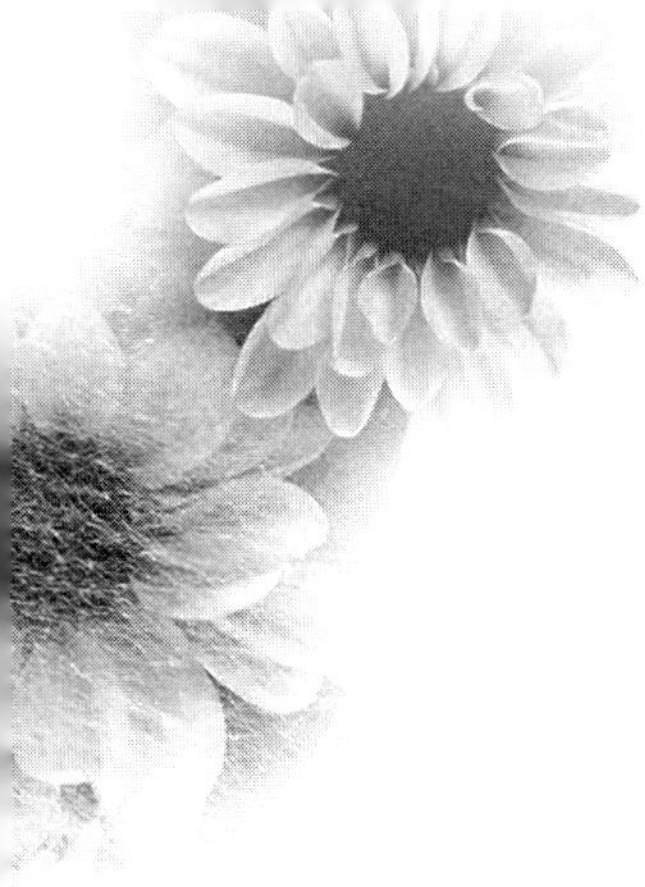

荒木紅色

ARAKI Beniiro

ありのままに

私の人生いろいろ

文芸社

ありのままに　私の人生いろいろ◇目次

誕生

山沿いの小さな町で、飲食店を営んでいる夫婦の間に私は生まれた。

夫婦といっても、その時はなぜか父は母の姓であったたし、母の母子手帳は何度か書き換えられていたような跡があった。くわしいことはわからないし、今さら聞けない。

時代的なものなど、いろいろな〝大人の事情〟とやらがあったのかもしれない。

幼少期

その後、飲食店はかなり繁盛していたようで三歳くらいから幼稚園に通う前くらいまでの私は、母方の親戚に預けられていたのを、今でもよく覚えている。

いつでも、おもしろいことやおもしろい言葉で私を笑わせてくれていた〝おもしろいおばちゃん〟と、よく遊んでくれた〝大好きないとこのお兄ちゃん〟。

三歳くらいから幼稚園に入る前くらいといえば、やはり親を恋しがる年齢だとは思うけれど、私自身の記憶では、毎日を楽しく過ごしていた。今でも楽しかった想い出ばかりだ。

しかし、後々聞いた話では違っていた。夜になると、やはり母親を恋しがり、毎日のように大泣きしては、大好きなおばちゃんたちを、困らせていたらしい。

そんな私をずっとかわいがってくれ、大切に育ててくれたおばちゃんとお兄ちゃんに、今でも感謝しているし、昔と変わらずずっと大好きだ。

今思えば、家族が一緒に暮らせるようにと、両親は必死で働いていたのだ。

そして、寝る間も惜しんで働いていたという飲食店は、私が幼稚園に通う頃にやめた。決して大きな家ではなかったが、父と母と私、家族三人がやっと一緒に暮らせることになった。

それからの母は、専業主婦となり、なんと父は、小さいながら今度は〝会社〟を興し、母を驚かせていたようだ。

そんな〝会社〟も順調で、景気が良かったこともあり、母も私も何不自由なく、割と贅沢な生活をさせてもらっていた。

私が幼少の頃は、父はやさしかった。自営ということもあり、仕事の合間には、動物園・水族館・遊園地・海水浴……などいろいろな場所へも遊びに連れて行ってくれた。

私が一人っ子ということもあり、私の友達もいつも一緒に連れて行ってくれた。その中でも強烈に頭に残っていることが、海水浴だ。

ビニールのボートに友達と二、三人で乗り、父が一人でボートを支えていたのだが、大きな波が来て案の定、父一人では支えきれずに転覆してしまった。

その時、泳げなかった私は、思いきり海水を飲み、苦しくて苦しくて、泣きながら浜辺のパラソルの下にいる母の所へやっとの思いでたどり着いたのを、今でも覚えている。

その日からしばらくの間は海が嫌いになり、水が怖くなった。いまだに泳ぐのは苦手なほうだ。

その頃は、母も私のため、たくさんの楽しいことをしてくれた。遊び相手になってくれた。おままごとはもちろん、折り紙やあやとりも教えてくれた。

中でも特にうれしかったことは、毎年開いてくれた誕生日会。三十人ほどいるクラスの皆に声をかけてくれた。来てくれたのは半数くらいだったが、とてもうれしかった。

クリスマス会なども同様にあった。母の手作りの料理やケーキなどが、テーブルいっぱいに並び、プレゼント交換や、毎回趣向をこらした母オリジナルのゲームなども企画してくれた。

今でも同窓会などでは、その時の様子や母のことが話題になり、クラスメートにとっても、楽しく想い出深いものになっているようだ。

姉

私が小学校低学年の頃、〝お姉ちゃん〟が我が家に来た。

常日頃から両親に、一人は淋しいと言っていた私だった。母がよく遊び相手にはなってくれていたが、友達のきょうだいなどと遊んだ後には、必ず淋しくなり、きょうだいが欲しいと言っていた。

小学校低学年の私は、お姉ちゃんが来るからと両親に言われ、ただ単純にうれしく大喜びをした。

そしてその〝お姉ちゃん〟は、母と前夫との間の子供であるということが、後々になって知らされた。母に似て、色白できれいな人だった。

両親の間には、私にとっての〝兄〟も授かったようだが、病弱で、生まれて間もなく亡くなってしまったということを、同じ頃聞いた。

これで遊び相手になってもらえる、友達にも自慢できると思い喜んでいた私だったが、〝お姉ちゃん〟は違っていた。

十歳近くも年が離れている私に対しては、これまでの年月もあいまって、なかなか心を開いてくれなかった。

幼い私には、単純にうれしかっただけだったが〝お姉ちゃん〟にしてみれば、急に小学生の妹ができたことや、知らない土地で始まった生活にも戸惑いがあったのだろう。

しかし、そんな〝お姉ちゃん〟も、徐々に遊び相手にもなってくれるようになり、相談事など、話し相手にもなってくれるようになった。友達からも羨ましがられるほどのやさしい〝お姉ちゃん〟だった。

しかし、思春期の姉と父とは相性が良くなかったようで、母は気を揉んでいた。

そして〝お姉ちゃん〟が来てから三年ほど経《た》った頃。私が夕方学校から帰ると、〝お姉ちゃん〟はもういなかった。母方の親戚の所へ戻った、と聞かされた。

子供の私には、事前に何も言ってもらえなかったことや、突然の別れが、とても悲しかった。

その後しばらくの間は〝お姉ちゃん〟と連絡もとれていた。結婚して子供も生まれたが、離婚してしまい苦労していると聞いた。しかしいつしかまったく連絡がつかなくなってしまった。

今は、どこでどうしているのだろう、元気でいるのだろうかと思うことがある。

学生時代

高度経済成長期も終わる頃、私は中学生になっていた。

父が家を建てた。幼少期に住んでいた家は、台風の時に屋根が飛んでしまったような華奢な造りの家だったが、今度の家は鉄筋コンクリートの立派な大きな家だった。ピカピカで、しかも大きな車も我が家にやってきた。

しかし、今思うと、やさしかった父が変わってしまったのが、ちょうど同じ頃だったような気がする。

その頃から、父と母はよく喧嘩をしていた。最初は口論から始まるのだが、母が父に対して意見を言ったり、納得がいかずに反論をすると、決まって父は手を上げた。

喧嘩というよりは、父からの一方的な暴力だったように思う。当時はまだDVという言葉さえもほとんど聞くことはなかったが、今になって思えば、まさしく、DVそのものだった。

母の髪の毛をつかみ、玄関先まで引きずり、

「出て行け!!!」

などと大声で罵倒する父。それに必死に抵抗する母。

父の殴る蹴るの暴行を、私も必死で止めようと、泣き叫んで間に入ったりもしたが、父の上げた手は、なかなか止むことはなかった。父は、自分の言葉や思いが通らないと、短気を起こして、ヒステリックにもなり、物に当たったりもした。

私が高校生になる頃には、父の短気はさらにひどくなっていった。考え方が封建的で、他人を批判してばかり。

私に対しても同様だった。変わってしまった。以前のやさしかった父ではなくなった。その頃の私は、ほめられた記憶はなく、心ない言葉ばかりを受けていた。

また、何をするのにも一番になるようよく言われ、

「根性が足りない」

などとも言われていた。

父は幼い頃に両親を亡くし、貧困で、苦労していたそうだ。三人兄弟の末っ子だったが、兄たちと同じように、いろいろな仕事をし、学校へも行けずに、生きることに懸命だったという。

「何を言われても、どんなにつらくても〝なにくそ〟と思い、根性で我慢し、頑張って一人で生きてきた」

と、日頃から言っていた父は、私にもそれを求めるかのようだった。

一人っ子の私を心配しての言葉だったのかもしれない。

今の私には、多少は理解できることもあるが、やはり、当時の私には、父の言葉が嫌だったし、理解すらしようとは思わなかった。母に対するＤＶだけは、許されるものではないことだったから。

時には反抗したこともあったが、理解したふりをし、黙って、心の中ではいつも反抗心を燃やしていた。心の底には怒りさえあった。

また、父は遊びも派手で、滅入っている母をよく見た。家に何人ものおじさんたちが連日やってきて、昼、夜を問わず、大さわぎしていた。

思春期だった私は、その行動が嫌でたまらず、半ば軽蔑の目で見ていた。

その反面、おこづかいをもらえる時には、とてもうれしかった。私はお金には不自由を感じたことはなかった。

それでも、大好きだったやさしい父が変わってしまい、大好きな母に手を上げるようになり、夫婦喧嘩が日常茶飯事となってしまったこの家が、私には耐えがたいものだった。

父は、常に大将でいたかったのかもしれない。

「反対するな！」

「意見をするな！」

少しでも気分を害すると、

「誰のおかげで食わしてもらっていると思っているんだ」

などと暴言も吐いた。

高校卒業後の進路を決める時もそうだった。私が行きたいと言った学校も、

「女がそんなことを学ばなくてもいい」

と反対され、行かせてはもらえなかった。男尊女卑の考え方も、常に強かった。

そんななかで、私は、とうとう自律神経失調症になってしまった。しかし、そのおかげで人の心の機微に敏感になった。

「一人っ子で将来が心配だから、手に職をつけていれば、困らず苦労しなくてすむ」

という父の一声で、父が決めた学校に行かされた。その学校は、卒業した後、父の会社の手伝いをするのに都合のいい学校だったのだ。父にとって都合がいいだけで、私はまったく興味も湧かず身も入らずだったが、一応卒業はした。

また、父は、

「親だから当たり前だ!!!」

と言い、私が学校などで家にいない間に私の部屋に入り、机の引き出しまでも開け、日記や手紙を見ていた。

私には手こそ上げなかったが、暴言や、デリカシーに欠ける父の言動が、いつまでも続くことに嫌気がさしていた。

しかし、当時の私には何もできず、ただただ、我慢することしかできなかった。

また、母にそのことを言えば、それはそれで、母が責められるような気がして、何も言えなかった。

この頃から私も変わった。傲慢な父が大嫌いになった。

母

毎日のように言い争いをしている両親と一緒にいることがつらくて、母がかわいそうに思え、離婚したほうがいいと母には言ったこともあったが、それは私のためにできないと言われた。その言葉で、さらに私はつらくなった。

一人っ子ということは母からしても心配で仕方なかったようで、さまざまな習い事を強いられた。お茶にお花はもちろん、着付けや英会話など。料理教室にも通った。

とてもやさしく自慢の母で大好きだったが、母に対する父の暴力や、私にさえも向けられる暴言などがいつも頭から離れずにいた私は、習い事にもなかなか身が入らずで、時には母にさえも反抗してしまい、結果、大好きな母を悲しませることになってしまった。

今思うと、母は身体が丈夫ではなかったこともあり、寿命というものを意識しながら、私のために一生懸命だったのだろう。

外からは、順風満帆、仲が良く、幸福に包まれている家族でうらやましいと言われることもあったようだが、私には苦痛で、嫌いな家だったのだ。

色白で、一年中和服姿だった母は、踊りや三味線を習い、家でもその姿をよく目にした。

私のことをふびんに思ってだろう、母は私のわがままをずいぶんと聞いてくれた。小学生の時から開いてくれていた、友達を招待しての誕生日会は、高校に入学するまで続いた。

やさしかった父も、そして私の心も変わってしまった大きな家で、七年ほど過ぎたある日、母が入院した。

そんな時でも母は、私に心配をかけまいとして、

「風邪をこじらせたから検査入院するね」

と言っていた。

どこがどう悪いのか、検査の結果さえ曖昧にされたまま、入院して一か月が過ぎた。

昼間は父の決めた学校に通いながらの慣れない主婦業は、私にとって、とても大変なことだった。

母が、私に料理学校へ通うようにと言ったのは、入院する数か月前だった。

「花嫁修業になるからね」

「一緒に台所に立ちたいからね」

などと言って、しきりに通うことを勧めるので、通うことにしたのだった。

おかげさまで、何もできなかった私も、それなりに家事をこなせるようになり、母と一緒に台所に立つことが楽しくなった。煮物や、ハンバーグステーキ、ぎょうざなどを教わった。おせち料理も、クッキーやババロアも作った。

「玉葱は、冷やすと、切った時に涙が出ないのよ」

「じゃが芋は、リンゴと一緒に置いておくと芽が出にくいのよ」

などの雑学的なことも教えてもらった。そして、

「自分が嫌だと思うことは、人に対してもしてはいけないよ」

と常に教えられていた。

母は、私にとって理想の女性だった。

しかし、検査入院から半年くらい経っても、回復することはなかった。

やさしい、自慢の母は、私が二十歳の年に亡くなった。母は五十歳だった。

私自身、わがままをいっぱい言いながら育ったこともあり、二十歳とはいえ、まだまだ幼い部分があったため、母の死はとても大きな衝撃となった。

世間知らずの私、これから先どうしていったらいいのかさえわからなくなっていた。

そして、母が身体が弱く病弱だったことを、亡くなってから初めて聞かされた私は、

さまざまなことに後悔し、落ち込んだ。

私を強く叱ることもなくわがままも聞いてくれる、とてもやさしかった母に反抗したり、暴言を吐く父が嫌いだといいながら、自分も同じような態度をとったりしたこともしばしばあったから。

亭主関白で自由奔放な父に苦労させられ、わがままな娘の私にも、きっと苦労を感じていたのではないかと、母にもっとやさしく接していたらと思い、あの頃の自分が今でも嫌いだ。

母が亡くなる前の日、いつものように学校帰りに病院へ見舞いに行った時、

「リンゴが食べたい」

と母が言った。

母は、私がむいた不格好なリンゴに、

「おいしいよ。ありがとう」

と言ってくれた。

「よかったぁ」

それが、母との最後の会話となった。

それなのに私は……。できることなら、今でも会って、あの時のことをちゃんと「ご

めんなさい」と言いたい。後悔とざんげの日々は、今でも心の中で続いている。

母の死は、私にとって、大きな人生の転機となった。

いつまでも世間知らずではいられない。しっかりしなければ、そして幸せと思えるようになることが、せめてもの母への親孝行になるのではないか、と思うようになった。

母が遺体となって家に帰ってきた。

やっと連絡がつき、家に帰ってきた父は、茫然としていた。遊び歩いていたことの後ろめたさもあったのか、しばらくの間、立ちつくしていた。しかし、はっと我に返ったように母のそばに座り込み顔をさすり、母の名前を呼びながら涙を流した。以前のやさしかった頃の父のようだった。

母の死——お手伝いさん

母が亡くなって、初七日が過ぎた頃。

我が家に〝お手伝いさん〟が来た。

「明日からお手伝いさんが来るから」

父に言われて戸惑った。私のためを思って、と言っていた。

父の仕事関係の知り合いだというその女性は、父の片腕になれる人だという。家事一切もしてくれ、学生だった私は、とても助かっていた。

しかし、心苦しく、素直に喜ぶことができなくなっていった。通い始めて一か月くらい経つと、その女性は何といつの間にか住み込みになっていたのだ。

母が病院で危篤状態となった時も、友達と遊んでいて、なかなか連絡がつかなかった父を、私は許せなかった。さらに今度は、母が亡くなってまだ日も浅いのに、知り合いだからといって、〝お手伝いさん〟だからといって、住み込みで女性を家に入れるというのは腑に落ちない気がした。そして、ますます父に対して嫌悪の情を抱いた。

その頃から〝お手伝いさん〟の言動も変わってきた。

ずいぶん前から家にいるような、父や私に対しての馴れ馴れしさに、違和感さえ覚えた。

相変わらず私には、何の相談事もしてくれない父なので、後々になってわかったことなのだが、その〝お手伝いさん〟は生前の母とも割と親しかったらしく、母の相談事や、愚痴も聞いていたらしい。

そんなことなど知る由もない当時の私は、その人にさえも、父に対してと同じように、嫌悪の情を抱くようになっていった。

母が亡くなって、少しは変わってくれるだろうと思っていた父だが、傲慢な態度は変わることもなく、私は、家の中にすっかり居場所がなくなってしまった気がした。

一日でも早く家を出たい、と常に思うようになった。

結婚

結婚は、家を出るいい口実となった。

父の決めた学校は、私にとっては何も楽しくなかったし、家にいる時間も苦痛だったため、できるだけ家にいる時間を少なくしようと、アルバイトを始めることにした。父は案の定大反対したが、社会勉強のためと言って納得してもらった。授業が終わり、夕方からアルバイト先へ通う日々は、とても楽しかった。その時間だけが充実していた。

アルバイトを始めて三か月くらい経った頃、それまでとは違う持ち場に移動になり、そこで夫となる男性と知り合った。その人は、私とは違い社員で、地方から出張に来ている人だった。一か月という短い期間ではあったが、私たちは親しくなり、彼が出張を終えて帰った後も、連絡を取り合うようになっていた。

また会いたい、という気持ちが日々強くなり、半年後、初めてのデートをし、そこから〝遠距離恋愛〟が始まった。

父のような男性は絶対に嫌だ、とずっと思っていた私には、彼は理想通りの男性だった。思いやりがあり、人にやさしく、自分に厳しい人だった。

そんな理想通りの彼と交際を始めて三年ほど過ぎた頃、私は学校を卒業した。父の束縛からも、やっと解放された気がしてうれしかった。そして彼への想いが、さらに強くなり、ずっと一緒にいたいと思うようになっていた。

その想いを彼に告げた。しかし彼の返事は、

「自分にはまだ養っていく自信がない」

だった。私はその言葉に彼の誠実さを感じ、ますます好きになった。

それからさらに三年の月日が経ち、待ちに待った日がやってきた。

「迎えに行くよ」

そう彼が言ってくれたのだ。

父は相変わらずで、彼に対しても、

「どこの馬の骨かもわからないヤツ」

などと、またしても暴言を吐き、結婚には大反対した。彼の言葉を待っていた三年の間も父から出るのは批判的な言葉ばかりだった。そしてその間には見合いもさせられた。車の運転が荒いから、顔が怖いから、などと今思えば幼稚なことばかり言って断っていたが、くり返される見合いを、私は何としても阻止したかったのだ。

彼も、何とか父に認めてもらえるようにといろいろな努力をしてくれたが、頑固な父には通用しなかった。

そんな父につくづく嫌気がさしていた私は、家を出て彼の元へ行こうと決めた。しかし、彼はそれに反対したのだ。

「認めてもらえるようにもう少し頑張ろう」

と。でも私の気持ちは変わらなかった。一人ででもいいから、この家を出たい。そんな私の気持ちを察してくれ、彼は二人で住む部屋を探してくれた。

実家を出る日。父は、

「二度と敷居をまたぐな」

と激怒した。〝お手伝いさん〟は、

「お元気で」

と笑顔だった。

彼が決めてくれた2Kのアパートで、二人の暮らしを始めた。

三月だというのに、雪がちらついていて、とても寒い日だったが、自由になれた気がした。大好きな彼と一緒で、心は温かかった。

古い木造のそのアパートにはお風呂もなかったが、近くの銭湯へ行くのも楽しかった。

最小限の荷物しかなかったので、私もパートに出て、家財道具を一から揃えていった。まな板と包丁。なべとフライパン。フェイスタオルとバスタオル……。

「布団買わなくちゃ！」

「そうだ、忘れてた」

働きに出ることも、何の苦にもならず、むしろ楽しかった。

そんな楽しい生活の中、一年後に子供を授かった。

家を出る時には激怒していた父だったが、初孫の知らせには、とても喜んでくれた。

父から手紙が届いた。その内容に私は愛情を感じ、読み終える頃には、涙が止まらなかった。その手紙は、私の心の支えになった。

それからは、孫を見せにといっては実家に行くようになり、父も彼のことを少しずつではあったが認めてくれるようになっていった。

ただ、父の言動は相変わらずのところがあり、納得がいかないことも、多々あった。私が家を出てから間もなく、〝お手伝いさん〟の離れて暮らしていたという子供が、一緒に住むようになっていたのだ。私と同年代の男性だった。

当然のように、私の部屋で、私のベッドをも使っていた。鳥肌が立つほどゾッとした。と同時に、相変わらず何も言ってくれない父に対しても、私の気持ちなどはわかろうともしていないのか、と愕然とした。

実家に帰省するたびに、何とも居心地の悪い数日を過ごした。数年経って、その男性は結婚して私の実家を出たが、居心地の悪さは変わらない。

そうこうしながらも、十年ほどの月日が経ち、二人目の子供を授かり、貧しいながらも、幸せいっぱいの生活を送っていた。今までのことをすべて許せるくらいの幸福感にあふれる日々だった。あの大嫌いだった家を反面教師にして、私は新しい家族を作った。

本当の幸福とは、裕福な生活でも、両親がそろっていることでもない。お互い心を許し合える人がいて、安らげる場所があれば、それが幸福だ、と私は思う。

父

私が実家を出て十五年ほど過ぎ、新しく作った家族と幸せいっぱいになっていた頃、父が脳梗塞で倒れた。

ただ、連絡が来たのは、倒れてから一か月も過ぎてからだった。その電話は、〝お手伝いさん〟の娘という人からだった。なぜすぐに知らせてくれなかったのか、と問い詰めたが、心配させたくなかった、と言われた。

父が倒れたということに気が動転していた私だったが、しばらくして少し落ち着いてきた頃からは、父の様子を聞いたり、リハビリなどの先々の話をしたりするたびに、違和感を抱くようになった。

その原因は、〝お手伝いさん〟とその家族からの言葉にあった。

連絡があってすぐに見舞いに行った私は、父と少し話をすることができた。

「こっちに帰ってきたほうがいい？」

私が問うと、

「そのほうがいいなぁ……」

父はそう言った。

「家族皆で一緒にさ……」

父は言語障害のある中で、そう言ったのだ。

私は早速、夫と子供たちに相談をした。夫の仕事のこと、子供たちの学校や保育園のこと。問題はいろいろとあったが、夫も子供たちも納得してくれた。

私の地元の友人にも協力してもらい、子供の学校の制服の手配などもしてもらえることとなった。親不孝したぶん、これからは少しでも、親孝行ができればいいなと思っていたのだ。

しかし、私たちの気持ちとは、まったく違う人たちがいた。〝お手伝いさん〟の家族だ。

「親を残して出て行ったことに対する誠意を見せてほしい。二十年近くそばで世話をしてきた、お母さんの気持ちを考えて」

などと言われたが、私にはその意図がすぐにはわからなかった。私たちが実家に帰って父の介護をすることを、良く思っていないということだろうか。

一人娘の私が、父を残して家を出たのが親不孝だということは、私自身が十分わかっているつもりだった。しかしそれは、父と私の長い間の問題からの結論のようなものなのだ。彼らには理解してもらえない部分もあるのだろう。ただ私は、父の「帰ってきてほしい」という言葉に、そしてその気持ちに応えたかっただけだった。

それからは、〝お手伝いさん〟の家族からの電話が頻繁に来るようになった。

「帰ってくるって、いつ?」

「子供の学校のことがあるから、来月以降にはなると思います」

「家に入るの? どこかアパートでも借りるの? 近所の手前もあるし。こっちの都合もあるし、受け入れ態勢ができていないから。大人なんだからわかるでしょ?」

そんなふうに感情的な口調で立て続けに言われ、困惑してしまうことがたびたびあった。

自分の親が病気で倒れ、そばにいてほしい、そばにいたい、という私たちの気持ちはまったくわかってもらえないのかと、悲しくさえ思った。

「こっちの都合」とか、「受け入れ態勢が」などと言うことの意図がわからなかった。

そんな電話が一か月ほど続いていたが、夫の休みと子供たちの休みが重なり、皆で父の見舞いに行った。

今後の話をしたかったのだが、なかなか進まなかった。私たちの気持ちは決まっていたが、父が煮え切らず、結論は出なかった。夜になってしまったので〝お手伝いさん〟を誘い、皆で食事に出かけた。そこで、〝お手伝いさん〟一人に介護を任せるのは大変なことだから、私と子供たちだけでも戻るのがいいと思う、ということになった。しかし、次の日、父に伝えようと病室へ行ったが、〝お手伝いさん〟は席を立ってしまい、話し合いにはならなかった。

心残りのまま、私たちは帰ることになってしまった。ところがその翌日、〝お手伝いさん〟から連絡があり、

「自分も年を取り、体力的にも面倒を見ることはできない。そばにいてあげたい気持ちがあるなら、それが一番いいことだと思う」

と言われた。

二十年近く前、結婚を口実にして出た、嫌でたまらなかった家と父。それから十五年が経って、私も子供を持ち親となり、父のことも、〝お手伝いさん〟のことも許せるようになっていた。そんな矢先の父の病気。やはりそばにいてあげたかった。

〝お手伝いさん〟との電話の後、その家族から電話があった。まだ納得がいかない、というような強い言葉だった。

「二十年近くの歳月が経っていることに対して、誰が折れるかってことだと思う。同じ街に住んで、今まで通りにいくと思うの？　かなり厳しいと思うけど……」

と。

当時の私には、その感情的な言葉の意図がわからず、どうすればそばにいたい気持ちがわかってもらえるのかと、悲しかった。

半身不随になってしまった自分の親の面倒を見ることが、そんなに難しいことなのかと考えさせられた。なぜ順調に事が進まないのだろうと、不思議にさえ思うようになった。

「親を、あなたが今住んでいる所に引き取れるなら立派だよ」とも言われたが、半身不随になってしまい、心も弱くなっているだろう父を、生まれた土地から離して生活させるなどということは、父の身になって考えたら、当然できることではない。それは怖いと思った。

もちろん、私たち家族にしても、仕事や、学校のことを考えたら、転居は決して容易ではない。それでも、私たちが動くことが一番いいと思ったのだ。

「気の合わない人間が一緒にいることは、人間として失格だと思う」と言われた時も、悲しい気持ちになった。父がまだ元気だった頃、子供たちと帰省した時には、まだ幼かった下の子は無邪気に、じいじ、ばあばと言って、〝お手伝いさん〟とも和気あいあいと楽しい時間を過ごしていたし、私も感謝し、その気持ちを伝えてきたつもりだったから。

〝お手伝いさん〟やその家族の気持ちを考えながら、悩んだあげく、子供たちが学校、保育園を卒業するまでの間はしばらくはこのままの状態でいることとし、将来的には私たち家族が家に戻ることを提案し、納得してもらえた。

しかし、それから二日後〝お手伝いさん〟の家族の一人から電話がきた。

「皆が困ってしまうから、おじさん本人に詰め寄ったの。『お母さんに見てもらいたい、あなたはいい』と言ったのよ。一筆書かせたから」

と言われ、何かしら恐怖さえ感じてしまった。が、父の身体が良くなるために、

「静かな気持ち、やさしい気持ちで見守っていきましょう。二人がお互いを必要としているのだから、このまましばらく見守っていきましょう」

という言葉には、

「それでいいです。父をお願いします」

とだけしか言えなかった。電話を置いた後、なぜかくやしい気持ちになり、涙があふれた。

理想とは裏腹な現実。翌日〝お手伝いさん〟に連絡をし、

「このままの状態で、父をよろしくお願いします」

と告げた。父の面倒を見られないという、自責の念が募っていた。

それからは、連絡し合うたびに、先方は穏やかな口調になっていき、

「まだまだ手が掛かるよぉ～」

とうれしそうだった。

父の介護をしたいと思うことは、私の独り善がりだったのか、と改めて考えさせられた。娘さんのご主人の送り迎えで療養所へも行ったことなどを聞き、お礼の連絡をした。

「心配だと思うけど、遠いし、仕方ないよ。近くの自分たちが、動ける者が動いていくのが一番いいよ」

と穏やかな口調で言われ、感謝した。その後、療養所へ入院することになった、と連絡が来た時は、最寄りの駅からタクシーに乗ったほうがいいということ、近くには民宿があるから心配しなくてもいいということなどを教えてもらった。

次の休みに、皆で見舞いに行こうと言っていたが、その矢先、父から電話があった。

「わざわざ遠い所から来なくても大丈夫だよ。お前と二人で何か相談していると思われても嫌だからさ。頑張って、一日でも早く家に帰れるようにするから、お前も、子供たちをちゃんと育てていきなさい。この電話のことも、言わないようにな」

と。父からの電話は、なぜか悲しかった。

病気で、身体も不自由な父が、〝お手伝いさん〟たちに気を使っていなければならないのかというこの状況を、私はかわいそうに思い、悲しくなってしまった。

しばらくして〝お手伝いさん〟から連絡があった。

「週に三回くらい見舞いに行っているが、日ごとに良くなっていて、一人で風呂に入ることもできるし、杖がなくても、少しの距離なら歩けるようになったよ」

父が倒れ、病院に入院して最初の見舞いに行った時、病室のベッドで、座り直しをさせてほしいと言った父の身体が、私でも簡単に持ち上げられるほど軽くなっていたことに、涙が出た。

あれから二か月。私には想像もつかない言葉を受けたこともあったが、父が頑張ってリハビリをし、身の回りのことが、何とか自分でできるようになったことで、とりあえずはひと安心となった。

しかし、長い間許せなかった父が、気の毒にも思えた。強気だった父が、今では自分のことさえも思うようにならず、他人の手を借りなければならないという状態なのだ。

それでも、〝お手伝いさん〟やその家族のおかげで、父の身体も日ごとに良くなっているということで、結果的に良かったのかもしれないと思うようになっていた。

春休みには、皆でお見舞いに行こうね、と話をしていた。

夫

子供たちの春休みが始まる頃、夫の風邪が長引いていた。市販の薬が効かず、微熱が続いていた。

よほどつらかったのだろう。仕事で指先を少し切り落とした時でさえも病院へは行かないほどの病院嫌いで、普段からなかなか行きたがらない夫が、自分から、

「病院へ行ってくる」

と言って、出かけて行ったのだ。

そして、夫は精密検査を受けることになり、検査の結果、そのまま入院となった。

担当の医師からは、

「肝硬変はでき上がっていて、炎症反応が高いです。どのような治療をしていくかを決め、一か月くらいの入院になります」

と言われたとのこと。パートから帰って夫からの連絡を受けた私は、驚いた。

その頃の私は、病気に対して無頓着だった。母を亡くした時でさえも、元々が病弱だったからとか、父からのストレスからだくらいにしか考えていなかったのだ。

私自身は幼い頃から、流行の病にもめったにかかることもなく、ずっと健康には自信があった。病とは無縁がゆえ、無知でもあった。今思えば、それは病弱な母が、一人倍私の身体に気を使ってくれていたからこそだったのだ。

私の子供たちも同じだった。大した病気もせずに、すくすくと健康に育ってくれていた。そのため、私は夫の検査入院に対しても、一か月の入院という医師の言葉を深くは気にせずに、言葉通りそのまま受け取っていただけだった。夫の微熱が、風邪からくるものではないかもしれないなど考えてもみなかった。

一か月の入院。それは、レントゲン、CT、胃カメラ、血液検査など、さまざまな検査のための入院だった。夫は、検査の間の絶食がとてもつらいと言っていた。

三日ほどの絶食をして、苦しくつらい検査が終わった。夕方見舞いに行った時には、痛みはあるが気分は良いと言っていた。

夫は、自分自身がつらい時期にもかかわからず、

「子供たちの世話も大変だから、毎日見舞いに来なくてもいいよ」

と、やさしい言葉をかけてくれた。

しかし、入院から六日目の夜、担当の医師から自宅に電話があった。

「重要な話があるので、ご両親、ご兄弟と、奥さんと、三人以上で来てください。本人には言わないように！」

嫌な気分。胸さわぎがし、お義兄さんが肝臓ガンでだいぶ前に亡くなっていると聞かされたことを思い出した。

何をどうすればいいのかさえわからず、一瞬パニック状態になった。動揺したまま、お義母さんとお義姉さんに電話をした。医師の言葉を伝えたが、私が思っていたのとは違う反応だった。

「そうか」

と、静かな口調だった。この時はもうお義母さんは悟っていたようだ。声が震え、支離滅裂な私の言動に、

「大丈夫だよ、落ち着いて、大丈夫」

と言ってくれた。

翌日は、何度も深呼吸をし、平静を装い、「平常心、平常心」と夫のいる病室へ行った。

「調子はどう？」

と入っていった私に夫は、

「昨日、母さんに電話したんだ」

と言った。夫の言葉に驚いてしまい、返す言葉が見つからず、

「そうなの」

それだけしか言えなかった。

夫は何かを察したのだろうか。これが虫の知らせというものなのか、お義兄さんの時のことを思い出したのだろうか。私にはわからなかった。お義母さんに電話をした理由は聞けなかった。聞くのが怖かった。

午後になって、お義父さんとお義母さん、そしてお義姉さんの三人が来た。

遠方からの訪問に夫はずいぶん驚いていたが、お義母さんの言葉や、

「こんな時でもないと、観光にもなかなか来ることができないからね」

と言ったお義姉さんの言葉には、うれしそうに笑っていた。

観光地に仕事を持っていた夫は、観光をするのに良い場所や、おいしい飲食店などをいろいろ提案していて、楽しそうに話していた。

夫も、両親たちと会うのは久しぶりだったし、初めて観光に来てくれたことが、う

れしかったのだろう。冗談を言い合ったりして、痛みがあると言いながらも、始終笑っていた。

〝観光も兼ねて〟と言った手前、夫の両親たちは、予定通りに、いろいろな所へ行き、写真もたくさん撮った。

「ママも一緒に行ってきたら？　少し眠るから」

夫にそう言われ、私も義父たちに同行した。

夕方病院に戻り、観光してきた場所や、食べた物などの報告をし、皆が楽しげに話をしていた。

しかし、私の心は相変わらず落ち着かずのままで、二時間ほど経った頃、看護師が病室に来た。ついにこの時間が来てしまった、という思いと、時間が止まってほしいという思いがあった。

看護師に促されるまま、担当の医師の待つ部屋に向かった。

その部屋までの廊下は、薄暗くて寒く、静かすぎて怖いくらいだった。

四人の足音だけが、異様に響いていた。

重たい空気の中、看護師の後をついて歩くだけだった。医師からはどんな話があるのだろうかと、不安な気持ちばかりで、お義母さんに何かを話しかけられたが覚えていない。

唯一、お義姉さんに、肩をポンとたたかれ、「大丈夫？」と尋ねられて、「はい」と答えたことだけは覚えている。

案内された部屋の前に着いた。

開けたくはない、と思った。この扉を開けてしまうと、何かが変わってしまう、そう思った。医師にも会いたくないとさえ思った。しかし、義父母に促されるように、私がその扉を開けた。

パイプイスが並んでいた。

医師は、無表情のまま、

「どうぞ」

と言った。

それぞれがイスに座ったと同時に、夫は肝硬変であり、B型肝炎を持っているということなどの説明をされた。いろいろな話や、病気に対しての説明があったが、自分の頭の中ではそれらをどのように処理したらいいのかもわからず、ただうなずいていることしかできなかった。それでも、

「肝臓ガンです」

「余命は一か月から三か月です」

「本人には、肝不全と告げましょう」

と言った医師の、淡々とした口調の声だけは今でもはっきり覚えている。

〝頭の中が真っ白になる〟というのは本当だった。こういうことだったのだ。

淡々とした医師の口調。それは当然のことなのに、その口調にさえもショックを受けた。

自分の心臓が、ドクドクと音をたてているのが、はっきり聞こえた。めまいを通り越し、吐き気さえもした。茫然自失の状態だった。

ほんの一週間前までは、子供たちともあんなに笑い合っていたのに。

楽しく幸せな日々を過ごしていたのに。そう思った瞬間、涙があふれ出した。

最初の検査入院から、七日目の余命宣告。

突然の余命宣告は、残酷な現実であり、残酷な宣告だった。

義父母も、お義姉さんも、一度も口を開かなかった。

涙が止まらない私だったが、夫のいる病室へ戻らなければならない。どのような顔をして、どう接したらいいのかさえわからないくらいに頭が混乱していた。病室に近づいてしまう。泣き顔は見せられない。どうしよう。ただただ、平静を装うことに必死だった。静かすぎる廊下に、私の嗚咽だけが聞こえている。このままではいけない。そう思っているのに涙は止まってくれない。夫のいる病室へ戻るまでの廊下は、寒さも怖さも感じないほど、とても短く感じられた。

病室に着いてしまった。開けたくない。とりあえず笑顔を作ろう。なぜかそう思った。気持ちの整理がつかないまま、病室の扉に手をかけた。いつもの扉なのに重たくて、なかなか開けられなかった。お義姉さんに手を借りてやっと開けられた。泣き顔は見せられない、と思った。不自然に下を向いたままで。心臓の鼓動が聞こえてしまいそうで怖かった。

「どんな話だった？」

夫の第一声に、やっと止まってくれた涙が出そうになり、口ごもってしまった。

そんな私を察し、お義母さんが口を開いてくれた。お義母さんの話に、

「そうかあ～」

と夫。いたたまれなかった私は、動揺を悟られないように、

「飲みものを買ってくるから」

それだけ言うのが精いっぱいだった。

扉を閉めたと同時に、堪えていた涙があふれ出してしまい、嗚咽がもれてしまった。

夫に聞こえてはいけないという思いがありグッと我慢した。泣き顔で病室に戻ることはできない。そのたたかいのくり返しだった。

お義姉さんと病室へ戻った時、義父母と夫は楽しそうに話をしていたが、そんな笑顔の夫を見ることさえ、私にはつらく悲しかった。

会話どころか、言葉一つ交わすことがつらかったため、面会時間の終わりを口実に、早々に病室を後にすることにした。

夫の余命宣告の日。

人生の歯車を大きく狂わされた一日となった。けれど私は、それまでと変わらぬ言動をすることを、心に決めた。

家に帰り、子供たちの顔を見てまた涙が出そうになった。抱きしめたい気持ちになったが、いつもと違う、と思われそうでできなかった。

子供たちには、「おじいちゃんたちが遠方から、パパのお見舞いに来てくれるよ」とだけ伝えてあった。久しぶりに会えることをとても喜んでいたため、平常心を装った。

次の日、お義父さんとお義姉さんは、急な仕事が入ったということにして帰ることになった。二人を見送る時にでも、夫はつらい身体にもかかわらず、相変わらずの冗談を言っていた。

余命宣告を受けたことを隠すため、夫に対して平静を装うことは、私たちにとってもつらいことだった。

医師との話し合いで、本人の好きなようにさせてあげたいと、二日後、外泊許可をもらい、夫は我が家へ帰ってきた。

子供たちは大喜びで、幼い下の子は、パパと遊びたいと言って、膝の上に乗りたがって駄々をこね、宥めるのが大変なほどだった。子供たちの行動に、私は気が気ではなかったが、久しぶりの家族団らんは、とても楽しかった。

ほんの二十時間ほどの短い時間ではあったが、夫にとっても楽しく幸せで、そして有意義な時を過ごせたようだった。外泊を終え、病院へ戻る時には、痛みやつらさなどがなくなったかのような、いつもの明るい表情をしていた。

翌日は、お義母さんを迎えに、という理由で、お義母さんの妹が来た。

理容師であるその叔母さんに散髪をしてもらった夫は、

「男前が上がったなぁ〜」

と笑い、髭も剃ってもらい、さっぱりとしたことで気分も良さそうに喜んでいた。

夫の明るい表情を前に、数日前のあのショッキングな出来事を忘れるくらいには私の心も落ち着いていることに、自分自身が驚いた。

しかし、その後、着替えをした時、下半身のむくみに気がついた。

それには夫自身も驚いていた。

着替えた物の洗濯をするため、病室を出た私を、お義母さんが追いかけてきて言った。お義兄さんの時は、むくみ出してから亡くなるまでが一週間だった、と。

「少しずつ病気が悪化していき、見ているのがつらくなる日々になるよ」

〝一週間〟というお義母さんの言葉は、私の頭の中で、ずっと反復されていた。

(あと一週間しかないの⁉)

(一週間って、そんなわけはないでしょ‼)

夫は病気のことをどこまで知っているのだろうか、わかっていて、私たちのために明るく振る舞っているだけなのだろうか。

それでも、私たち以上に夫自身のほうがつらいのだからと、自分自身に言い聞かせ、残された時間を、最期まで、笑顔を絶やさずに夫に尽くそうと心に決めた。

そして、その日からは、私にとってもつらい闘いの日々となった。

夫の前では笑顔で頑張っていたが、病室から一歩外へ出ると、毎回涙があふれ出てしまう。

足のむくみが増す一方、顔色も悪くなり、日ごとに食欲もなくなり、食事をほとんど取ることができずに見る見るやせていく夫を見ていると、一日一日がつらく、泣き場所を探すようにさえなった。

悲しい嘘をつき続けなければいけないことにも神経をすり減らした。最期まで笑顔でと心に決めていた私だったが、何度となく、心が折れそうになった。

入院してから二週間、宣告の日から九日目。

担当の医師に呼ばれ、

「手の施しようもありません」

と言われた。夫は、

「自宅で家族とのんびり過ごすのがいいから」

と説明され、近々退院することになった。

医師の説明を聞いて、夫はすべてを悟ったかのように、

「生まれ育った土地に帰りたい。故郷に帰らないと死ねない」

と言ったのだ。返す言葉が見つからなかった。

今思うと、病院嫌いの夫が、自分から出向いて検査をし、肝硬変ができている、と

医師から告げられた時から、亡きお義兄さんのことを思い出し、自分の死も遅くないのかもしれないと感じていたのだろう。

「皆一緒に来てほしい」

と夫に言われ、何のためらいもなく、

「もちろん、一緒に行くよ」

と私は答えた。

だいぶ前に、台風の中、車を走らせていた橋の上で流されそうになり、怖い思いをしたが、その時の夫は冷静で、

「大丈夫、大丈夫。死ぬ時は一緒だよ」

と言っていたのを、なぜか思い出した。

ただ、子供たちのことを考えると、不安がなかったわけではない。

生活習慣のまったく違う新しい土地で、環境に馴染めるのだろうか、友達はできるのだろうかと、考えてしまった。

私一人であれこれと考えながらも、一人で決めることではないと思い、子供たちに話をした。話しているうちに、私の不安は消えていった。

「パパと一緒に行きたい」

子供たちはそう言って、何をためらうこともなく、夫に連絡したのだ。そして、家族全員で夫の故郷に移り住むことが決まった。

今住んでいる家のこと、学校や保育園のことなどのさまざまな手続きがあったため、夫だけ先に、お義母さんと叔母さんと一緒に故郷へ帰っていった。

夜になり、

「長旅で疲れが出ているようだけど、特に変わった様子はないから安心して」

との叔母からの電話があり、ホッとした。

疲れが出ていると言われたので、夫に電話を代わってもらうことはできず、声を聞くことはできなかった。

さまざまな手続きや、引っ越しの手配などを、大急ぎで済ませ、やっと四日後、子供たちと一緒に、夫の待つ、夫の故郷へと向かうことができた。

夫の故郷はとても遠い所だ。

三年に一度くらいしか行くことができていなかった。移動時間も、楽しい時にはあっという間に感じられていたのに。飛行機に乗り、電車に乗り、バスに揺られる時間は、長い長いものに思えた。

子供たちは、
「パパに会えるね」
と何度も言い、幼い下の子は大はしゃぎしていた。
「もうすぐ会えるよ」
私も夫に会えることがとてもうれしかった。
夕方になり、いよいよ夫の待つ家へ近づいていく。
夫は今、どのような状態なのだろうか。
病状は落ち着いているのだろうか、それとも痛みに苦しんでいるのだろうか。
期待や不安で、動悸が止まらなかった。
たかが四日なのに。久しぶりに思える夫に会い、何と声をかけたらよいのだろうと、
そんなことさえ考えていた。
バスに揺られていくうちに、夫の生家が見えてきた。
子供たちは、はやばやと席を立った。
うれしい気持ちと、心配な気持ち。心臓の鼓動が高鳴った。
家の前の停留所にバスが止まった。
バスから降りる際、幼い下の子が慌てて、転んでしまった。道路を渡って夫の生家

へ入った。

「こんばんは」

「来たよ〜。パパは〜？」

走っていこうとする下の子を止めた。

「奥の部屋にいるよ」

お義母さんに言われ、挨拶もそこそこに、奥の部屋へ向かった。

「具合はどう？」

扉を開けながら声をかけたが、ベッドに足を投げ出して座っていた夫は、うつむいたままだった。そして顔を上げた夫に、ハッとしてしまった。しばらく見ていなかった夫の顔には、黄疸が出ていた。そして、投げ出していた足は、以前の二倍くらいにむくんでいたのだ。

四日ぶりに会えた夫は、顔色も悪く、なお一層つらそうに見えたが、

「長旅で疲れていないか？」

と、私たちのことを心配してくれた。

夫のそんな思いやりのある言葉で、また涙が出そうになったが、必死でこらえた。

夫は、精いっぱいの笑顔で子供たちに話しかけていたが、夫のあまりの変わりよう

に、子供たちは言葉を失ってしまっていた。

子供ながらに、いたたまれなかったようで、はやばやと部屋を出て行ってしまった。

「何かしてほしいことない？」

やっとの思いで口にした私の言葉には、夫はただつらそうな表情をした。動揺を悟られないようにと思いながらも、なかなか次の言葉が出てこなかった。手を握り、足をさすっていることしかできず、歯痒かった。

「お茶が入ったよ」

お義母さんの言葉に救われた気がした。

「ちゃんと挨拶もしてなかったし、行ってくるね」

そう言って夫のそばを離れた。

お義母さんからは、「常に痛みはあるが、皆が来るからと頑張っていた」と聞かされた。子供たちのこともあるから、しばらくは叔母の家に寝泊まりするように、と言われた。そばにいたかったが、仕方のないことだった。

叔母さんの家は、車で二、三分の所にあった。

「良い子にしているんだよ」

と夫。

「は〜い」

と下の子。

「本当かな？」

と、夫が笑う。

「また明日ね」

と言い、叔母さんの家へ行った。叔母さんの家にも、何度か泊まったことはあったが、この日はまったく眠れなかった。

翌日、夫は、朝から調子が悪いと言い、近くの病院に入院することになった。痛みより、張りがつらいと言っていた。変わりゆく夫の姿に私は何度も泣いてしまった。

「こっちに戻ってきてから、昨日まで、本当によく頑張っていたよ」

と叔母さんも言っていた。

叔母さんの車で、子供たちも一緒に病院へ行った。

私は、役場や、子供たちの編入の手続きなどを済ませ、後から駆け付けることになった。

私が病院へ着いた時には、夫は病室のベッドで静かに眠っていた。夫の周りの皆が、あまりにも静か過ぎて、何かあったのだろうかと思ってしまうくらいだった。

痛み止めの薬で眠っていると聞かされ、ほっとした。しばらく眠っていた夫が目を覚ました。いつもの、とはいえないまでも、笑顔を見せてくれ、少しすっきりした様子だった。

病院の夕食も、

「味気ないなぁ」

と冗談を言いながら、少し口にした。

医師からも、

「落ち着いているので大丈夫です」

と言われ、私たちは、家に戻ることにした。病院から家が近いお義姉さんが、

「何かあったらすぐに来るから」

と言ってくれたので、安心して戻ることができた。ただ、これは後々になって聞いたことなのだが、その日はお義姉さんが付き添いをしてくれたということだった。私や子供たちに余計な心配をさせたくなかったから黙っていたのだと叔母さんから聞かされた。私たちのことを思い、感謝の気持ちはあったが、付き添いができる病院ならば、私がそばにいたかったという思いもあった。

翌日は、体調が良く気分も良いからと、夫は車イスで、病院の敷地内を少し散歩を

した。

「外の空気が気持ちいいなぁ」

そう言う夫の表情が明るいためか、顔色も良いように見えて、うれしかった。

「タバコが吸いたい」

と、ヘビースモーカーだった夫が言う。

「持ってないよ」

と私。しかし嘘はすぐに見抜かれてしまった。

「身体に良くないから、退院したらね」

そう言ったものの、夫の表情に、強くは拒否できなかった。今は夫の望むことは、できるだけ叶えてあげたい、そう思った。ただし私の動揺は悟られないように。

病状を良くすることは私にはできない。私にできることは、悔いのない最期を迎えられるように、気持ちを上向きにしてあげること。それだけなのだと思ったから。

「半月ぶりのタバコはうまいなぁ〜」

夫はとてもうれしそうに笑った。

そして、喫煙所から見える木々をまじまじと見て、

「花見にも行きたいな」

と言った。

夫の故郷では、あと二週間ほどすると、「花まつり」がある。出店もあり、賑やかなお祭りだ。

「このまま調子が良かったら行けるよ。外出許可が貰えたら行こうね」

私がそう言うと、

「そうだなぁ」

と小さく一言。

外出許可など出ないことは、夫自身もわかっているかのようだった。夫は、自らの死を覚悟している。そう思った。

しかし、子供たちのことは、とても心配していた。

「明日からの新しい学校生活や、保育園は大丈夫かな」

「子供は順応性があるから大丈夫よ」

私が言うと、

「そうならいいけど」

と、少し納得した様子で笑っていた。そんなたわいのない話をして、

「明日は、保育園に迎えに行ってから、そのまま来るから、第一日目の顔を見て、様

子を聞いてみたら？」

そう言って、病室を後にした。夫は、

「そうだね」

と言って笑っていた。

子供たちは夫に似て社交的なところがあったため、新しい土地での暮らしに大した心配はなかったが、私自身は不安でいっぱいだった。

生活習慣や環境が大いに違うこの土地で、はたして暮らしていけるのだろうか、と。

家に帰って、子供たちといろいろな話をたくさんした。私の不安な気持ちをよそに、子供たちは今までと違ういろいろなことを楽しんでいるようだった。新しいお友達にも、胸をふくらませていた。子供たちに教えられたような気がして、私も前向きに物事を考えていこうと思った。子供たちは、

「明日は、パパに新しいお友達を教えてあげるんだ」

と言って、パパに会えるのを楽しみに床に就いた。

夫の死

翌日早朝、病院から、夫の容態が悪化したと連絡が来た。子供たちを送り出し、取るものも取りあえず、病院へ。

病室では、とても我慢強い夫が、

「痛い！　痛い！」

と叫んでいた。身体をさすってあげることしかできない。どこをさすっても、痛いと叫んでいる。それでも手を止めたくない。他には何もしてあげられない。悔しくて、もどかしい。

そんな私を見て、お義母さんが、

「もういいよ」

と言った。そして、医師からは、

「溜水を取ると痛みは楽になりますが、意識がなくなります」

と言われた。

夫のつらそうな姿を見ていられなかった私は、放心したまま、お義母さんの顔を見た。

お義母さんは、うん、と頷いた。

痛みが楽になるほうがいいのか……。私はそこで覚悟を決めた。

医師の言葉に従うことを決めた。

「お願いします」

そして、

「痛い！　痛い！」

と叫びながら、手術室へ運ばれて行く夫を見送った。涙があふれ出した。

それからどのくらいの時間が経ったのか、あまりよく覚えてはいない。

痛みを取るための溜水を抜く手術を終え、私たちの待っていた病室へ帰ってきた夫は、手術の前とは打って変わり、穏やかな顔をして眠っていた。

声をかけたが反応はなかった。このまま目を覚まさなかったらどうしよう。そう思うことが恐怖でさえあった。

夫はそのまま麻酔から覚めることはなく、間もなく、昏睡状態に陥った。

「声をかけてあげてください。声は聞こえていますから」

医師に言われ、皆で呼びかけた。

お義父さん、お義母さん、お義姉さん、そして叔母さんも、皆で声をかけていた。手を握ってみたり、身体をさすってみたりもしていた。が、私は何もできなかった。声が出ない。全身の力が抜け、立っていることができず、夫のそばに行くことすらできずにいた。

子供たちに連絡するように、と言われたが、それさえもどうしていいのかわからず、動揺してしまっていた。

やっとの思いで連絡し、子供たちが病院に駆けつけた。静かな廊下を足音が近づいてくる。

今まで見たことのないような悲壮な顔をして、子供たちが病室に入ってきた。

子供たちの顔を見た瞬間、涙があふれ出し、

「パパが……」

と、やっと声が出たが、私はそれだけしか言うことができなかった。

子供たちは、ベッドの上で目を閉じ、ただ眠っているだけのような、穏やかな顔の夫を、茫然と見ていた。

「まだ声は聞こえていますから、話しかけて」

医師の言葉に、子供たちも、小さな声で、

「パパ……」

「パパ……」

と呼びかけていた。子供たちも、他の言葉が見つからないようだった。

それからもしばらくの間、皆で声をかけていたが、私だけは相変わらず声をかけることすらできなかった。頑張って、と思う気持ちと裏腹に、もう頑張らなくていいよ、という気持ちが入り交じっていた。夫が逝ってしまうという恐怖にも似た思いで、涙が止まらず声は出なかった。

そして、夫はそのまま意識が戻ることは一度もなく、眠ったまま逝ってしまった。

「また明日ね」

「おぉ」

それが夫と私の最後の会話となった。子供たちとは〝新しいお友達〟の話ができないまま。

運命が与えられた時間は三か月。

最初の入院から、実際に与えられたのは二十三日。余命宣告の日からは十七日目。

夫は三十八歳で逝ってしまった。上の子は十四歳、下の子は五歳だった。

夫の死を、どう受け止めていいのかわからなかった。頭の中は真っ白になり、思考能力さえもなくなっていた。

幸せに包まれていた中での、突然の夫の死に、不安で押しつぶされそうになっていた。

お義母さんから、夫の会社の人たちや友達に連絡するようにと促され、ようやく行動することができた。夫のそばに寄り、手を握った。温かかった。

声にはならなかったが、「もう痛くないよね、ゆっくり休んでね」とだけ言えた。

働き盛りの夫は、仕事が忙しかった。休みの日にも、仕事のことばかり考えていたが、少しの時間でも、子供たちにはたくさんの愛情を注いでくれる子煩悩な人だった。

子供の友達も一緒に、遊園地に行ったり、河原に行ってバーベキューをしたりもした。

子供たちが素直なやさしい子に育ってくれていたのは、きっとそういう夫の思いやりがあったからこそなのだろうと思う。

結婚前、住み込みで働いていた彼との連絡は、手紙のやり取りがほとんどだった。現在のように携帯電話などはなかったため、声を聞けることはめったになく、淋しい三年間だった。そして、やっと一緒に暮らせるようになって十五年、喧嘩も一度もなく、私はずっと幸せだった。

死の間際、最期の最期に夫は、

「ごめんな、あいつらのこと頼むな」

と、お義母さんとお義姉さんに言っていたと後日聞いた。

死の瞬間を境に、存在しなくなってしまう、もう会うことができないという現実。時間を巻き戻すことも、やり直すことも叶わない。愛する人の死は、私の心に穴を開けた。

出会わなければ、こんなに淋しく、つらい思いをしなくて済んだのに、とさえ思ってしまった。でもそれは大きな間違いだ。出会えたからこそ、十五年間だけでも、楽しい日々が送れたし、何より子供たちに出会えて幸せな日々が送れたのだ。

悲しいのは私だけではない、父親を失った子供たちも同じく悲しい思いをしている。夫が残してくれた大きな宝物を、私が守っていかなくてはいけないのだ。凛として生きていかなければいけない、と思った。

それから、慌ただしく葬儀を済ませた。ほんの一か月前には、下の子の誕生日で、皆でケーキを囲み笑っていた。その夫が今、火葬されていった。灰と一緒に天に昇っていく夫をずっと見ていた。涙があふれ出した。

以前テレビで、こんな言葉が放送された。

『夢の夢だとわかっているけど、あなたに逢いたい。本当に本当にあなたが好きでした。この思い、あなたに届くかしら。幸せをありがとう。出会ってくれてありがとう。あなたに逢えて、心から幸せです。もう少しこっちで、精いっぱい生きてみます』

雪国

夫の故郷は雪国で、のどかな田舎だ。

上の子の高校卒業までということで、しばらくの間は、夫の故郷で生活することになった。

子供たちの家庭訪問や、授業参観などといった行事を済ませ、三十五日の法要の後、以前家族で住んでいた賃貸住宅の解約や、亡き夫の職場への挨拶などをするために、田舎を離れ十日ほど出かけ、慌ただしい日々を過ごした。

夫が他界して八十日ほど経った頃、叔母さんの知人の紹介で、仕事を始めた。田舎では、職業の選択肢はなく、未経験の作業には戸惑った。慣れない仕事に、ストレスや、くやしい思いもあったが、子供たちのためと言い聞かせ、必死だった。手当の付かない早出や残業はさらに厳しく、幼い下の子は「淋しい」と言うことが時々あった。

夫が他界した最初の夏には、お義姉さんや叔母さんが、

「いつまでも、泣いていても仕方ないよ」

と言って、海やお祭りなどにも誘ってくれ、心を癒やしてくれた。子供たちもそして私も、少しずつ心が落ち着いてきていたが、北国の夏は短く、あっという間に終わってしまった。

秋には、亡き夫の職場でアルバイトをしていたという人が、遠方からわざわざ墓参りに来てくれ、とてもありがたく、夫のことを誇らしくも思った。

雪国の冬はとても厳しかった。子供たちと住んでいた借家は古く、トイレは家の外にあった。

最初の冬のある日、前日の夕方から大雪となり、翌日朝起きた時には、平屋の我が家は雪に埋まってしまっていた。どうやって家から出たらいいのかさえわからなかった。とりあえず外のトイレまでの動線を作らなければ、と思ったが、出入り口の扉がなかなか開かず戦慄した。私の気持ちとは裏腹に、子供たちは見たこともない大雪にはしゃいでいた。

降り止まない雪は恐怖でしかない。窓の上に積もっていったら、外の明かりも入ってこないのだ。例年にない大雪だと聞かされた。

買い物に行くのもひと苦労だった。歩道と車道の境さえわからない。ホワイトアウト（吹雪で視界が一面真っ白になること）が起こると、歩いても歩いてもなかなか前に進めないのだ。また、水道管の水抜きをしなければいけないということも知らずに凍らせてしまい、大変な思いをした。

環境の違う土地での生活に慣れることに必死だった。でも悲観してばかりはいられない。子供たちをちゃんと育てていかなくてはと思い、私なりに頑張っていた。

子供たちにもこれ以上淋しい思いをさせたくないと、常に思っていた私だったので、子供たちの行事にも、仕事場の反対を押し切ってでも、必ず参加した。

子供たちも頑張っていたので、月に一度は〝ごほうび〟と称して、バスで出かけた。片道二時間半かけてデパートへ行ったり、ゲームで遊んだりした。ただ、バスの運行本数が極端に少なかったため、行きも帰りも乗り遅れないようにするのは大変だった。月に一度の〝ごほうび〟を楽しみに、子供たちも、そして私も日々頑張っていた。

春になり、夫が他界して一年が経とうとする頃、上の子は中学校を卒業し高校生になり、下の子は保育園を卒園し小学生になった。下の子の卒園式では、園児それぞれ

の、「おとうさん、おかあさんへのことば」というものがあり、我が子の、

「これからは、ぼくがおかあさんをまもります」

という言葉は、保護者の涙を誘った。せめてこの一年、夫が延命できていたら……

と思い、無念でならなかった。

上の子の入学式の日は、春だというのに雪がちらついていた。

そして、春まつりがやってきた。夫が亡くなる前の日に、行きたいと言っていた花まつりの日、お義父さんからおこづかいをもらい、

「パパも一緒に行こう」

と、夫の写真を持って、三人で出かけた。桜の花が満開だ。とてもきれいだった。

学校の夏休みは、高校と小学校では多少の違いがあったため、下の子は一人で留守番をしていなければならない日もあった。そのため、昼食用にお弁当を作っておいたのだが、一人でちゃんと食べて、洗いものまでしてあったことに私は驚いた。

「えらかったね。すごいねぇ」

私が褒めると、少し照れくさそうに笑った。ついこの間までは、淋しいと言って泣いたこともあったのにと思い、子供の成長を喜んだ。

私はというと、この夏は体調を崩し、発熱が続き、十日も仕事を休んでしまった。

夏の終わりになると、今度はめまいを発症してしまった。仕事の疲れだけではなく、生活習慣や、人間関係のストレスからくるものだと医師から言われた。投薬を受け、無理をせずにと言われ、少しずつ良くなった。

秋になって、少し広い借家へ引っ越しをした。坂の上にあったので、上り下りが大変だった。家族三人には広すぎるとは思ったが、トイレが家の中にあったため、引っ越しを決めた。

雪虫が飛び始め、またあの雪の季節が近づいてくる頃、下の子のおねしょが始まってしまった。田舎に引っ越してくるまではなかったのに。そしてよく熱を出すようにもなった。健康が自慢だった子供たちも、やはり身体にはストレスを感じているかのようだった。子供には順応性があると思っていた私だったが、今までとはまったく違う環境に、子供にも戸惑いがあり、ストレスになっているのかもしれないと思った。夫が心配していた通りだった。

田舎では、〝お付き合い〟も大変だった。保護者会などにも参加はしたものの、昔からの風習などにはなかなか馴染めなかった。良かれと思ってしたことが裏目に出てしまうことがあったりと、戸惑いが多かった。そんな中でも、周囲のやさしい言動はとてもうれしかった。

田舎での生活や、周りの環境にも慣れてきた頃から、子供たちはわがままになってきた。子供たちの存在が大きく、私も助けられていたからこそ、歯を食いしばって頑張っていられるのだから、多少のわがままは仕方ないと思っていた。しかし、それが頻繁になると、私の心に余裕がなくなり、ちょっとしたことでも激怒してしまう。すると自分が嫌になり、ますます落ち込んでしまう。子供たちを守っていこうと決めたのに、自分が情けないと思った。私自身の精神的な部分も、強くしていかなければいけないと思った。

いろいろなことに葛藤しながらも、四年という月日が経ち、上の子が高校を卒業し、大阪の学校へ行きたいと旅立った。私は下の子と一緒に、二十年ぶりに実家へ出戻ることにした。

実家

父は相変わらずのところもあったが、私たちを受け入れてくれた。〝お手伝いさん〟やその家族も、だいぶ落ち着いているように見えたが、やはり私たちには帰ってきてほしくないという言動がしばしばあった。この家は、もう私が戻ってきてはいけない家なのかな、と思ったら悲しくなった。他に行く所がないからと戻った実家だったが、居心地の悪さは以前とあまり変わりはなかった。

そんな中、楽しみといえば、地元の友達に頻繁に会えて、おしゃべりをすることだった。学生時代のことや、亡き夫の故郷での生活のこと、友達の近況などを聞くことが、とても楽しみだった。

離れて暮らす上の子は、学業や日々の生活を謳歌しているようだった。下の子もまた、すぐに友達ができ、楽しそうにしていた。その友達とは、大人になった今でも交流が続いている。

それまでは、生活することに日々追われていたため、身体にも心にも余裕がなく、私自身がそれではいけないとわかっていながら、なかなか子供たちを気にかけることもできず、子供たちにもつらい思いをさせていたと思う。

子供たちもずいぶん成長し、私も気持ちに余裕ができてきた。上の子とも、時々行き来しては、三人で出かけ、有意義な時間を過ごせるようになった。三人にはなってしまったが、夫が他界する前の頃のように、穏やかな気持ちにもなっていた。

家での問題はいろいろとあったが、やっぱり地元はいいな、と思った。母の墓参りもたびたび行くことができたし、同窓会にも出席することができた。なつかしい人々や風景に癒やされながら日々を過ごし、パートの仕事も始めた。仕事の選択肢も多く、好きな仕事に就くこともできた。実家に戻ってきたことを、本当に良かったと思えるようになっていた。

地元の生活に満足してきていた頃、一人の友人から連絡があった。その友人は、亡き夫と家族四人で暮らしていた頃に、私の勤めていた会社で知り合った同僚で、

「ご主人が亡くなってから五年経つから、そろそろいいかなと思って。子供たちが独立して一人になったら、寂しくなるよ」

と、男性を紹介する、と言った。

「まだ、そんな気持ちになれないし、お付き合いする気持ちもないから」

と一度は断わったが、

「子供好きの人だから、一度でもいいから会ってみて」

と押し切られ、下の子供と一緒に会うことになった。新幹線に乗り、約束の場所へ向かう途中、子供は少し期待しているようだった。幼い頃に父親を亡くして、母親の私だけでは補えないことも多々あったようだった。

その人は、会って間もなく、子供にやさしく接してくれ、アニメやゲームの話で二

人は盛り上がっていた。遊園地にも行き、短い時間ではあったが、楽しい時を過ごした。

帰りの新幹線で、子供に感想を聞いてみると、うれしそうに話をしてくれ、その人に会うまでは、まったく気乗りがしなかった私だったが、子供の顔を見て安心した。

成長したとはいえ、まだ低学年の子供にはやはり男親という存在は必要なのだろうかと、考えさせられた。私一人が頑張っていればよいということではないのだ、と思い、しばらくの間、お付き合いをしてみることになった。遠距離なので、時々しか会うことはできなかったが、子供は喜んでいた。何よりだと思えた。しばらくして、一緒になろうと言われたが、子供が小学校を卒業するまで待ってもらうことにした。

上の子にも相談して、会うことになった。「下の子が父親という存在を必要としているようだ」ということなどを話した。上の子は「それで幸せになるならいいと思う」と言っていたが、

「パパにはちゃんと報告のお墓参りに行ってきてほしい」

と言われ、夫の眠る場所へ、その人と二人で行った。

引っ越し

二十年ぶりに戻った実家からは、三年でまた出ることになったが、子供も期待に胸を弾ませていたため、一緒に幸せになれるならと思い、下の子が中学生になる春に引っ越しをした。

最初に入ったその人の実家では、ひと部屋を子供部屋として、勉強机や、ベッドも用意されていた。そして、トイレや風呂のタイルも張り替えたと言っていた。

義妹は結婚しており、家の近くで家族と暮らしていたため、その家ではお義母さんと二人暮らしだったとのこと。お義母さんは「賑やかになる」と喜んでくれた。義妹の子供も同年代だったため、子供同士、多少の遠慮はしながらも、仲良くなっていった。

しかし、問題が出てきた。長い間息子と二人で生活していたお義母さんにとっては、他人が入ることが精神的に苦痛になってきたようだった。

そこで一年後、私たち三人は、家を出てマンションに移り住むことにした。車で十分くらいの所だったので、一週間に一度はお義母さんのところに顔を出すようにした。

それからは、お義母さんも落ち着いてきたようで、行くたびにお総菜や卵などを買っておいてくれるなどし、とても助かっていた。

義妹家族も加わって、バーベキューや花火をし、正月にはお義母さんの家に皆が集まり正月のお祝いもした。

そんな生活が二年ほど過ぎた頃、その人は変わってきた。子供の反抗期と重なったのも災いしたのか、子供に暴言を吐き、手を上げるようになったのだ。それは、私にも向けられた。ある日、パートの仕事が忙しく、疲れて帰り、ついため息をついてしまった時、暴言を吐かれ、蹴られた。そして子供のことを嫌いと言い、追い出すと言ったのだ。それには私も腹が立ち、追い出すなら私も一緒に出て行くと言った。しかし翌日には何事もなかったかのように、「今夜は、三人で外食しようか」などと言ってやさしくなる。そのくり返しだった。

お義母さんが体調不良で寝込んでいると、義妹から聞いた時には「母のために会社を休む」と言っていたその人は、私の父の半身不随の姿を見て、とてもひどいことを言った。

こんなことは許せない、もう一緒にはいられないと思い、マンションを出ることを決めた。しかし、家を出ることを知られてしまうのが怖くて、密かに住居を決めなければならなかった。

　土地勘もない私は、住居を探すのには苦労した。その人にはもちろん内緒で、自分の有給休暇を使い、探した。下の子は高校生になっていたため、学校に通える範囲で、しかもマンションから遠い所を探さなければならなかった。

　私の勤め先にも事情を話し、引っ越し先を絶対に知られてはいけないと、内緒にしてもらっていた。密かに行動していたため、家を決めるのに半年以上もかかってしまった。その間は子供にも辛抱してもらい、かわいそうな思いをさせてしまったことは、今でもざんげの気持ちでいっぱいだ。

　子供と二人で住むために決めた住居は、スーパーマーケットも近くにあり、何かと便利で、住みやすそうな場所だった。

　私の遺族年金を当てにしていたのだろう、

「子供が独立して、二人になったら籍を入れよう」

と言われていたため入籍をしていなかったことは、今となってはよかったと思った。

　一日でも早くあのマンションを出たいと思っていた私は、住居が決まり次第、仕事を辞めたいと勤め先には言ってあった。

「事情が事情なので、大丈夫ですよ」

と言っていただけて、よかった。

引っ越しの日、業者さんにも事情は話しておいてあったが、知られてしまわないかと不安でいっぱいだった。

子供には、帰ってくる家を間違えないようにと念を押した。普段通りに、会社と学校へそれぞれに二人を送り出した。その人の車が見えなくなるのを確認し、待機していてくれていた業者さんに連絡をした。忘れもの、と言って戻ってきたらどうしようと恐怖さえ感じていたが、ここまできたら、もう後戻りはできない。そう覚悟を決めた。

「大丈夫ですか?」

とやさしい口調と共に、業者さんが入ってきた。荷作りは何もできていない状態だったため、そこからは大忙しだった。

生活のために二人で作った預金通帳の解約や、住所変更などの手続きも、引っ越し当日になってからでないとできず、それも忙しかった。荷物の搬出が終わり、掃除機をかけ、忘れ物はないかを何度も確認し、手紙を置いて、マンションを出た。やれやれと安堵した。

新居に荷物が入り、少しずつ片づけをしている中、ふっと涙が出た。三人での楽しかった頃のことを思い出した。が、やっと子供と二人になれた、という思いも同時にあった。これからは、子供と二人、平穏な暮らしができそうだ。

マンションを出た日の夜、携帯に電話がきた。

「どういうこと？」

「手紙に書いた通りです」

やり直したい。戻ってきてください。休みをもらって捜そうと思っている。とも言っていたが、私の気持ちはまったく変わらない、ということを伝えた。

そして、暴言や暴力に対する謝罪の言葉はなかったが、

「ここまで追いつめたのは俺のせいか？　今まで楽しかったよ。身体に気をつけて、元気でな」

と、電話は切られた。

五年前、友人に紹介されて、初めて下の子と三人で会った時のやさしかった顔を思い出し、涙が出た。でも今は、人が変わってしまった。後戻りはしたくなかった。

それからしばらくの間は、捜されはしないかと不安な日々を送っていたが、子供と二人で新しく始めた生活は、とても有意義なものになっていった。子供も、のびのびと生活ができることを喜んでいた。私も気持ちが楽になっていた。

ただ、あちらこちらと、私の都合で引っ越しをくり返させてしまったことは、いろいろな意味で、子供に申し訳ないと思った。周りの環境というものは、生活する上では、子供にとって大事なことなのだ。落ち着いた生活をさせてあげなければ、と思った。

今度こそ、これからの人生を謳歌できると思い、胸を撫で下ろしていた。ウインドーショッピングに出かけたり、映画を見に行ったりもした。

仕事も何とか決まり、勤め始めていたそんな矢先、股関節に痛みが出始めた。歩行もままならず、台所仕事をしていても、三十分ほどすると、立っていられないくらいの痛みが出るようになってしまった。

病院へ行き、診察を受け、レントゲン撮影をした結果、変形性股関節症と診断されてしまった。人工関節の置換手術を受けることを勧められたが、怖いと思い、しばらく考えさせてほしいと伝えた。手術というものは、お産の時以来だった。その時は自分自身もまだ若かったし、何といっても、子供が生まれてくるという喜びがあった。

股関節を取り換える手術、などというものは、私にとって信じがたい、恐ろしいものだったのだ。置換手術を受ける決心がなかなかつかず、二か月が経ってしまった。

しかし、その間も股関節の痛みは増す一方だったので、意を決して、手術を受けることにした。

「手術はいつにしますか？」

医師は私の希望を聞いてくれたが、いつでもよかった。怖い気持ちと、この痛みが一日でも早くなくなってほしい、と思うだけだった。

手術日も決まり、貯血や手術前の検査などで病院へ通うたび、怖さが増していった。手術日の二日前に入院した。絶食は次の日からだったが、空腹感より怖さのほうが勝っていた。手術当日には、上の子も来てくれた。体温、血圧などを測り、手術着に着替えて、車イスで手術室へ向った。

「じゃあね。頑張ってね」

そう言って、子供たちはニコニコしながら手を振っていた。手術室は、入った瞬間から冷やっとし、とても寒かった。手術台へ上り横になると、麻酔の注射が打たれた。麻酔から覚めると、集中治療室にいた。吐き気がし、胃液がこみあげてきた。しかし、身動きも取れない身で、実際に吐くようなことはなかった。看護師によると、麻酔から覚めた直後は、吐き気がする場合もあるので心配はない、ということだった。

医師が来て、

「大丈夫です。手術は成功しましたよ」

と言った。その言葉に安心して、私はまた眠りに落ちた。

病室に戻って三日後にはリハビリが始まった。一週間後の抜糸をしてからだと思っていたので驚いた。傷口が開いたりはしないのだろうかと、一人で心配していた。

「少しでも早くリハビリをしたほうが、回復も早いです」という言葉を信じ、痛さに耐えた。自分の足なのに、思うように動かすことができないのが、歯痒かった。

リハビリ担当は、とても若く、かわいらしい先生だったが、とにかくスパルタでつらかった。

「痛いです、無理です」

と言う私に、

「大丈夫、大丈夫。できます」

と言うのだ。

「先生、鬼ですねェ」

とまた私が言うと、

「そうですよぉ」

と笑って答えた。

そんなリハビリの日々のくり返しだったが、そのおかげで回復が早いと、医師に言われ、リハビリの先生に感謝した。

入院している間は、地元の友達が遠方からわざわざ見舞いに来てくれ、とてもうれしかった。下の子もこの頃には社会人になっていたので、仕事帰りに寄ってくれたり、休日には洗濯物の交換をしてくれたりと、とても助かった。そして自分の食事も一人でちゃんと作って食べていると聞き、私はまた子供の成長を喜んだ。

退院後もリハビリに通い、徐々に回復し、杖なしでも歩けるようになっていった。

日常の生活に戻れ、仕事にも復帰できると喜んでいたのも束の間、今度は反対側の股関節が痛み出したのだ。自分自身は意識していたわけではないのだが、自然とかばって歩いていたようで、痛みが出てきたのだと、医師から言われ、前回と同じ病名を告げられた。

また手術、入院なのかと思い落ち込んだ。前回の手術を受けて、痛みがなくなり、歩行もスムーズにできるようになったことには喜んでいたものの、リハビリがとてもつらかったから。ただ、落ち込みはしたが、手術を受けることには、すぐに同意した。

日常生活にも支障が出ているような日々を送るつらさに比べたら、リハビリのつらさのほうがマシだと思った。何より、痛みがなくなってほしいと望んでいた。

手術の日も私が希望し、一度目と同じように、入院前の貯血、検査を済ませた。手術に対する怖さはなく、二度目ともなると、度胸がつくものだ。

入院は、手術の一日前だった。

今回の術後も順調に回復するだろうと思っていたが、それは少し違っていた。同じ置換手術であったし、つらいリハビリも頑張っていたが、前回とは違って、痛みにも似た違和感があった。

医師に相談し、レントゲンを見たが、何の問題もないと言われた。左右は別のものと考えてくださいとのことだった。今でも時々、少しの痛みと違和感はあるが、日常生活には支障がない。思い切って手術を受けて、本当によかったと思う。今は、定期的にレントゲン撮影をし、診察を受けに行っている。

両股関節の手術を受け、やっと仕事に戻れると思っていたが、今度は更年期障害に悩まされるようになってしまった。

二度目の入院中、退院の少し前になった頃、リハビリのためにベッドから起きようとした時、軽いめまいを起こした。すぐに良くなったので、その時は気にも止めずにリハビリへ行った。

その後、何度か同じ症状があったため、医師の診察を受け〝頭位変換性めまい〟と診断され、薬も飲んでいた。しかしあまり良くならなかった。そして、そのまま退院はしたが、のぼせ感もあり、冬の寒い日にでも、汗が出てしまうようになった。疲れやすく、不眠にも悩まされ始めたため、他の診療科も受診してみた。

そして、更年期障害と診断された。顔が急に熱く感じ、汗が出ているにもかかわらず、手足が冷たい、といった状態だったり、急に、何ともないのに不安な状態になったりと自分の意思とは違う感じがあった。投薬を受け、今も飲み続けているおかげか、少しずつではあるが良くなってきている。

久しぶりに実家の父から電話があった。半身不随の身体は治ることはないが、言語障害はだいぶ良くなり、聞き取りやすく、会話もしやすくなっていた。

電話の内容は、これから先の生活のこと、家のこと、そして〝お手伝いさん〟のことなどだった。

脳梗塞で倒れてから、父は廃業し、貯蓄を切り崩しての生活をしていた。〝お手伝いさん〟には給金は出していなかったが、父が生活のすべてを賄っていたという。

父は、自分自身も脳梗塞で半身不随となり、会社を畳まなければいけなくなるということを想像もしていなかったため、これからの生活が心配だ、と言っていた。

〝お手伝いさん〟自身も同じだったようだ。貯蓄が底をついてしまうことが心配で、自分の生活の保障はどうするのか、と父に詰め寄ったらしい。〝お手伝いさん〟の家族も同様に心配し、保障を書き留めておいてほしい、と言っていたようだ。

父は生命保険からの貸付けを受けたり、家を担保にしたりしてお金を作ることもできる、とも言っていたが、自分が亡くなった後は、一人っ子の私が相続することになるため、できるだけそれはしたくない、とも言っていた。

そして、亡くなった後の葬儀社のこと、貯金通帳のある金融機関、弁護士の名前などを私に伝えてきた。

若い頃から苦労して、頑張ってきた父。その一方、時に豪遊していた父。そんな父が今は、自分の身体のことがあり、とても弱気になっているようだった。

「私なりに、少し考えてみるね」

私はそう言って電話を切った。父と、〝お手伝いさん〟の生活のことも含め、相続の問題は、私もちゃんと考えなければならないことなのだ、と思った。

頼りになる〝いとこのお兄ちゃん〟にも相談したり、さまざまな相続に関する本を読んだり、また法律の本なども読んでみた。

その頃からは、父から手紙がよく送られてきた。自分が亡くなってからの家のことはもちろん、私の子供たちである、孫のことまでも心配だと書いてきていた。
遺言のような、数々の父からの手紙は、今も私の支えになっている。

父の死

〝お手伝いさん〟も高齢になり、父の介護が大変になってきたということで、私の地元の友人の紹介で、父は特別養護老人ホームへ入所することになった。

父は、実家から離れて暮らすのはいろいろ大変で、不安だと言っていたが、私たちがまた実家に戻って父の介護をすることに反対している人たちがいる、ということもわかっていたので、渋々入所を決めた。

その老人ホームは、市街地よりだいぶ高台にあり、不便な所ではあったが、のどかで明るく、きれいな所だった。上の子も手伝いに来てくれ、入所の日は朝から慌ただしく準備をした。父はベッドの上に足を投げ出して座っていた。皆でいろいろ話しかけたが、ただうつむいているだけだった。ホームに着くまでの車の中でも、ほとんど口を開かなかった。

大勢の出迎えを受け、ホームに入った。そこで働いている人たちは皆やさしい人たちだったので、私は安心した。

部屋に案内された。四畳半ほどの部屋にはベッドと洋服ダンスがあり、鏡付きの洗面台も付いていた。荷物の整理をし、

「また来るからね」

と言って部屋を出る時、父はベッドに腰掛け肩を落としているように見えた。

入所後、少し経ってから、父の様子を聞くため、ホームの人に連絡をしてみたのだが、父はあまり馴染めていないようだった。社交的だと思っていた父は、案外人見知りだったのかもしれない、と思った。

時々は子供たちも一緒にホームに顔を出してはいたが、〝お手伝いさん〟からは何の連絡もなく、話し相手もいない、と淋しそうだった。時々ではあったが、孫たちに会えることをとても喜んでいた。

しかし私たちには、顔を出すたび、父の顔色が冴えないように見えていた。元気がなかった。頑固な父は、自分がホームにいることを相変わらず嫌がり、家に帰りたい、と何度か言ったこともあった。

老人ホームに入って五か月ほど経った頃、肺炎を患い、ホームから近くの病院へ入

院することになった。その病院は完全看護ではなかったので、私はたびたび見舞いに行った。いつもベッドに横になり、つらそうにしている父を見ることは、私もつらかった。実家にいた時のような父ではなく、生きる張り合いを失くしているかのようだった。子供たちも一緒に見舞いに行った時には、会話もほとんどできない状態になっていたのだ。

病院へ入院して二か月ほど経った時、病院から連絡があった。危篤の知らせだった。取るものも取りあえず、病院へ向かった。新幹線に乗り、電車を乗り継ぎ、タクシーに乗り、急いだ。通い慣れたはずの病院は、とても遠く感じられた。病院に入り、受付で声をかけた。しかし、間に合わなかった。父の死に目に会うことはできなかった。父は一人、小さく、恐ろしいほど静かな部屋でベッドに横になっていた。

老人ホームに入所したことで、気丈な父が生きる希望をなくして、日に日に弱くなってしまい、その結果、父の命を短くしてしまったのだろうか、と思った。

入所の話が出た時、〝お手伝いさん〟やその家族に反対されても、私が断固として実家に戻り、父の介護ができていれば、父が家にいることができていればよかったのかなと思い後悔した。

父が脳梗塞で倒れた時、私たちが家に戻ると言った時には、「一生添い遂げようと思って入った家なのに」と言って、私たちが戻ることを嫌がった〝お手伝いさん〟。しかしその人からは一度も連絡もなく、淋しそうだった、と看護師から聞いた。

老人ホームの入所から七か月、父は九十三歳で他界した。父との葛藤はあったものの、亡くなってしまうことはやはり悲しい。

子供たちと、〝お手伝いさん〟に連絡をした。〝お手伝いさん〟は、

「えぇ～⁉」

と一語言っただけで、ただただ驚いているようだった。

病院から言われて、葬儀社の手配を急いだ。すべて一人で行なうことは初めてだったので、いろいろと教えていただいた。葬儀後のスケジュールというものも用意していただいた。葬儀当日に済ませておきたいこと、葬儀後早めに済ませておきたいことなど細かいことが書いてある冊子だった。

貯金通帳の解約などは、娘とはいえ、名字が違うためにさまざまな書類が必要になり、その書類を揃えるだけでも大変だった。あれこれと行うことがたくさんあって、悲しんで泣いている時間などないほどだった。

病院から、父の遺体と一緒に実家へ帰った。生前父がよく座っていた居間は、きれいに片づけられていた。父の遺体を寝かせた。死に装束には、たくさんのドライアイ

スが添えられた。

葬儀は、生前の父の希望通り、ひっそりと家族葬にした。私の地元の友人たちは父のこともよく知っているので、来てくれた。遺影には、和服姿の父が笑っていた。涙があふれ出した。

一周忌、そして三回忌と、滞りなく済ませたが、私にはまだ、〝家〟の問題が残っている。

現在

私が家を相続したものの、高齢となっている〝お手伝いさん〟は一人、主《あるじ》を亡くしたあの家で暮らしている。家の近くには、〝お手伝いさん〟の家族が暮らしているが、私は遠方にいるため、やはり心配だ。

父と親交のあった方で、不動産業をしている人がいた。そしてその方の息子さんが私と同級生で、家業を継いでいるのだ。私はその同級生に、相続の問題を含めたことを相談した。

私は今のところ、実家に戻って生活をすることは考えていないため、家を手放したいと思っている。〝お手伝いさん〟にも私の考えを伝えてある。

〝お手伝いさん〟の今後の生活の保障を含め、家の相続税のことや、売買の契約についてのことなど、いろいろなことをその同級生に相談しているところだ。

その同級生は、福祉介護センターも営んでいるため、

「安心・安全を確保するためにも、ホームに入ることを勧めます」

と、〝お手伝いさん〟にも話をしてくれた。〝お手伝いさん〟のケアマネージャーとも話をしてくれ、

「今、この時期がホームに入るチャンスだ」

ということも伝えた、と聞いた。〝お手伝いさん〟も納得して、

「ホームに入る気持ちになっている」

と言っていたようだ。それを聞いた私は、安心をした。

しかし、〝お手伝いさん〟の家族の考えは違っていた。家にいることを、しきりに勧めていたのだ。

「一週間に一度は、様子を見に来ているから大丈夫」

と言っていた。が、私はそれを心配した。

案の定。しばらくして〝お手伝いさん〟に様子伺いの連絡をした時、

「骨折して入院していた」

「一人で救急車を呼んだ」

と言っていたのを聞き、驚いた。幸いにも〝お手伝いさん〟が自分で救急車を呼ぶことができたからよかったものの、転んだ時に頭を打って失神でもしていたら、と考えたら怖かった。

家の遺品整理のためもあり、私も時々は実家へ行っていたが、〝お手伝いさん〟の家族は、それさえもよく思っていなかったようだ。

このままではどうしようもないと思い、同級生の紹介で、弁護士と話すことができた。昔から、亡き父と私のこともよく知っていてくれている同級生なので、弁護士との話にも同席してくれ、いろいろと話をすることができた。

弁護士からは、

「ルールを作って、話がしたい」

「裁判所を通して、ちゃんと話をしましょう」

と、〝お手伝いさん〟の家族にも伝えてもらった。

その後、〝お手伝いさん〟の家族が弁護士事務所まで来て、

「いろいろと言いたいことがある」

と言っていたと聞いた。

「言いたいことは、調停で話しましょう」

と弁護士が伝え、民事調停を行うことになった。弁護士から、私には、

「遠いので、わざわざ来なくても大丈夫ですから」

と言っていただいたので、すべてを委任することにした。

「調停で話がつかなかったら、訴訟を起こすことになります」

とも言われ、連絡を待った。

調停が終わり、弁護士から連絡がきた。

「話をしたが、まだ住んでいたいと言っていた」

「訴訟を起こしても、住居権が認定されてしまうと思います」

と言われた。弁護士からは、家を安くして、〝お手伝いさん〟に買ってもらうのはどうか、などの考えも出された。

二回目の調停でも、

「やはり、まだ住んでいたいと言われ、これ以上は話ができないため、取り下げです」

と言われてしまった。打ち切りとなり、このままの状態でいるしかない、というこ

とだった。

長い年月一緒に住んでいたため〝内縁の妻〟ということになるらしく、住居権が認められるという。そんなわけで、母が亡くなって初七日が過ぎた頃、我が家にやってきた〝お手伝いさん〟は、わだかまりが解けないまま、今も一人で実家に住んでいる。私が実家から遠くで暮らしていることもあり、家の所有をし、維持していく余裕がないことを、〝お手伝いさん〟たちにも伝えてはあるが、かなり難しい問題のようだ。

今までの私の人生、何不自由なく過ごしていた私の、母との突然の別れから始まり、夫と出会い、そして別れがきた。雪国で暮らすことになるというのも、すべては運命なのかと思う。

人と人との出会いと別れは、すべてにつながっているかのようだ。それぞれの時期に、違う選択をしていたら、今の自分もまた違った人生を歩んでいたのだろうか、と思ったら、不思議なものだ。

そして、現実は厳しいものだ。紆余曲折、人の心の裏表に混乱したが、つらい思い出はすべてプラスになると、信じている。

二十歳で母を亡くし、一人でも強く生きていけるようになろう、と心に決めた。四十歳で夫を亡くし、子供たちを一人前に育てていかなければ、と頑張った。そして今、父をも亡くし、自分の人生を精いっぱい生きようと思う。後悔のない人生を送りたい。
周りの環境というものは、生活していく上では、子供たちにとって大事なものだ。
子供たちは、二人共独立をした。幸せと思えるような人生を送ってほしい。

あとがき

この本の文章は、長い月日の間のメモや、日記をまとめたものであり、その時々の思いもそのまま書きなぐったものです。

感情的な言葉や表現で、印象を悪くする文章もあるかもしれませんが、決して他人を無責任に傷つけようとしたものではありません。その時の苦しみや悲しみ、そして喜びなどを、そのまま伝えたかったのです。

私はこんな体験をしましたと、誰かに聞いてほしかったのです。

私はこれからも、精いっぱい生きていきたいと思っています。

著者プロフィール

荒木 紅色（あらき べにいろ）
1959年生まれ、静岡県出身。
沼津経理専門学校卒業。
２児の母。

ありのままに 私の人生いろいろ

2021年10月15日 初版第１刷発行

著 者 荒木 紅色
発行者 瓜谷 綱延
発行所 株式会社文芸社
〒160-0022 東京都新宿区新宿1－10－1
電話 03-5369-3060（代表）
03-5369-2299（販売）

印刷所 株式会社エーヴィスシステムズ

ISBN978-4-286-23029-0